散文詩集

「ふるさと」を持たないこと

羽生康二

はじめに

だれにでも「ふるさと」がある、と思っている日本人は多いだろう。しかし、わたしには「ふるさと」と言えるところがない。生まれたのは九州の門司だが、そこはたまたま母の兄の勤務地だったにすぎず、わたしはその後その場所を訪れたこともない。わたしに「ふるさと」と呼べるところがあるとすれば、0歳から11歳まで暮らした旧満洲国の新京（現在の中国東北地方の長春）しかないが、そこはもともと中国人の土地で、わたしが侵略者として押しかけた日本人の1人だったことを考えれば、その地を「ふるさと」と呼ぶわけにはいかない。

本多勝一の『中国の旅』という本は、日本人が中国人に対してなしたことのいくつかをわたしたちに示す。七三一部隊による生体解剖、3千人皆殺しの平頂山事件、何十万人も殺されたと言われる南京大虐殺。なかでも、見るのも恐ろしいのが万人坑の写真だ。鉱山で知られる鞍山の近くの大石橋という町に残されている3か所の万人坑。ガイコツが何列もずらりと並んで横たわっている。ガイコツで地層ができているという。地獄としか言いようがない鉱山での労働のために死んだり殺されたりした中国人を捨てたところだ。なかには、まだ息があるうちに逃げられないように針金で足をしばられて捨てられた人も多い。いったいこの万人坑には何千人何万人の人が捨てられたのか。アウシュビッツのガス室も恐ろしいが、この万人坑もそれにおとらず恐ろしい。

これはほんのいくつかの例でしかない。「満洲事変」以降の14年間で、日本は中国に対し言語に絶する略奪・暴虐・殺りくをおこなった。そして、五族協和というスローガンの植民地国家満洲国を設立した。王道楽土とうたわれた満洲国は、中国人に対する略奪・搾取の上に成り立っていたのであり、満洲国のすべての日本人は中国人を踏みつけにして生活していた。そのことをわたしは日本敗戦後十数年たってからはじめて本当に理解した。

侵略・植民の例は歴史上数かぎりなくあって、朝鮮や中国の例は日本人が特別に悪いわけではない、と言う人がいるかもしれない。たしかに、アメリカ植民者によるネイティブ・アメリカンの虐殺・追いだしの例に見られるように、すべての征服・侵略・植民は、既成事実ができあがってしまえばもとに戻すことはできない。だが、それはぼう大な殺りくと非道をともなったのであり、長い時間の単位でみれば、民族移動、民族征服という歴史の叙述で片がつくことかもしれないが、ひとつひとつの事実が悪であり非道であることに変わりはない。どんな理由づけをしようとも、日本による台湾の領土化、朝鮮併合、満洲国の設立、中国への侵略は悪であり非道だった。戦争に負けたために日本の侵略が既成事実化しなかったのは、わたしたち日本人にとって幸いだった。結果的に日本は明治維新以降の80年間に中国と朝鮮に対して行った行為を訂正することができたのだから。

この散文詩集『「ふるさと」を持たないこと』には、わたしが育った都市新京（長春）での体験とそこから日本へ引き揚げるまでを記した散文詩19編を収めた。

目　次

装丁　上田　翠子

散文詩集

「ふるさと」を持たないこと

新京*という街

新京は奇妙な街だった。城内と呼ばれる中国人の旧市街を左側に押しこめて、まん中から右側に作られた新しい都市だった。中心の大同広場から放射状に数本の大通りが伸び、それらの大通りのあいだに、歩道のある直線道路がたてよこにゴバン目のように走っている。紙の上の都市計画をそのまま実行したような都市だった。

旧満洲国の首都として新京特別市と名づけられたこの都市の人口は、あまり多くなかった。せいぜい10万人くらいだったと思う。夾雑物が少ない人工的なこの街でわたしは育った。

＊ 現在の長春。わずか十数年しか存在しなかった都市だが、わたしの旧

満洲国での体験はすべてこの呼び名と結びついているので、ここでは「新京」と記す。

第一代用官舎

1

わたしが１９４６年に新京を離れるまで住んでいたのは、第一代用官舎だった。なぜ「代用」ということばが使われたのかわからないが、それは旧満洲国の役所で働く日本人のための官舎だった。長方形の一区画に２軒つづきの平屋１棟とレンガ作りの２階建８軒１棟が立っていた。

２階建は入口の左右に１軒ずつ、階段をのぼって左右に１軒ずつ、この４軒が２組で１棟になっている。８軒ともほぼ同じ間取り、前庭は共用。平屋の２軒はもっと広く、前庭も専用だった。地位が上の人の家族用だったのだろう。

これと同じ大きさの長方形の区画が、車が通る車道と小道でゴバン目状に区切られて、横に5列くらい、縦に10列くらい続いていた（と思う）。その長方形の区画すべてに、平屋2軒と2階建8軒がびっしり、同じ形で並んでいた。この住宅団地が新京の日本人住宅地の中心をなしていた。

2

わたしたちの住まいは階段をあがった2階。6畳、4畳半、3畳の3部屋、玄関、ふろ場、トイレ（水洗だった）、台所、短い廊下、それにベランダがついていた。全部で50㎡くらい、コンパクトサイズだが、暮らすに便利にできていた。3つの部屋が接する中央部分にペチカがあり、冬にはペチカひとつで家中の暖房ができた。まきに火をつけ石炭をくべると、零下10度を下まわる外の寒さを感じさせないほど暖かかった。冬のあいだずっと、父はいちばん早く起きてペチカをたいた。ほかの家族は、部屋が暖まりだしてから起き出すのが常だった。

わたしが幼児のころまでは別の家に住んでいたのだが、そのころのことはまったく記憶にない。わたしの新京の記憶はほとんどすべて、この官舎の2階と結びついている。

公園が多い街

公園が多い街だった。わたしの家から10分くらいで行ける範囲に公園が3つ。白山公園、牡丹公園、順天公園、この3つが日本人街を東西に横切る形で並行して配置されていた。新京の設計者は、緑豊かで整然とした住宅街をめざしたのだろう。

家からいちばん近いのは牡丹公園。家の裏手から2ブロック先の、道幅が50mもある興仁大路を渡ったところにあった。花壇と温室があって、散策と休けいの静かな公園だった。母の手記によると、わたしと兄が小さいあいだ、近所の一家といっしょに、おにぎりを持って毎日のように行ったという。敗戦まぢか、物資が乏しくなったころ、この公園で胃腸にいいというゲンノショウコを取った記憶がある。

順天公園

1

近所の子どもたちが最もよく行ったのが順天公園だ。坂を下った低いところにあったから、もともと川が流れていたのだろう。南北に走る2本の通りで3つに分断されていた。上の公園はボートが浮かぶ池、下の公園は、入り口から入ると、噴水のある空間があって、その奥に薄暗い林があった。

中央の公園がいちばん大きく、順天公園と言えば、中央の公園をさしていた。上の公園から道路をくぐって流れる細い川は、やがて広い池になった。池のはずれに踏み石で渡る岩場があり、そこにはメダカが泳いでいた。そこから、2mくらいの崖を水が流れ落ち、下は小さい子どもたちも安心して水に入れる浅い水場だった。

2

中央の公園の池のまわりは、いつも子どもたちが走りまわっていた。水辺は、小魚やオタマジャクシをとろうとしたり、虫取り網を持ってトンボや蝶を追いかけたりする子どもたちの声がひびく空間だった。わたしもその1人だった。シオカラトンボやムギワラは、わたしにもつかまえられたけれど、勢いよく飛ぶギンヤンマやオニヤンマはとるのがむずかしかった。一度だけ岸辺でギンヤンマを何匹もつかまえたことがある。ギンヤンマをひもの先にくくりつけて、ぐるぐる回すと、ギンヤンマがつがおうとして寄ってきて、いっしょになる。そこを網でつかまえた。だれかがやり方を教えてくれたのだろう。青く銀色に光るギンヤンマは美しかった。

3

零下10度を下まわる新京の冬の寒さはきびしかった。わたしの両手の指は、毎冬しもやけになって、くずれた。傷が痛くて、何度も泣いた。そんな冬の中で楽しみはスケートだった。アスファルトの道路は氷でおおわれ、順天公園の池も凍った。池はスケートをする人々でいっぱいだった。わたしはそこでスケートをおぼえた。厚いオーバーを着て、父に手を取ってもらって、氷の上をヨチヨチ歩くことから始めた。くり返しくり返ししころんで、滑れるようになるまで何日もかかった。いつもそんなに混雑していたはずはないけれど、記憶に残る冬の池は、雑踏の中のようにスケートをする人でいっぱいだった。

4

敗戦後新京を離れるまで1年間、順天公園にはほとんど行かなかった。外に出るのが安全ではなくなって、たいていは家の中で過ごしていた。中央の公園の池の水を全部落としたのを見に行ったときのことだけ記憶している。捨てられた武器か弾薬でも探すためだったのだろうか。底近くまで水がなくなると、大きなふなが何匹もピチピチはねるのが見えた。争って魚をつかまえようとする人もいたが、わたしはただ見ていただけだった。

中国人をあまり見かけない街

新京の日本人街は、中国人をあまり見かけない街だった。見かけるのはたまに来る物売りくらい。中国人の子どもたちと遊んだ記憶もない。中国人の子どもが日本人街に来ることは敗戦までなかった。

新京駅近くの吉野町という繁華街のあたりは、わたしが住む日本人街とは異なり、中国人の店も多く、中国人もたくさんいた。かれらが住む城内も近かった。

駅で乗る馬車（マーチョと呼んだ）の御者は中国人だったし、人力車の車夫も中国人だった。多くの日本人は、物売りから買うときか馬車に乗るときしか中国人と接することはなく、そういう場合にはカタコトの中国語を使った。

「満人」ということば

母の手記には「満人」ということばが出てくる。中国人という呼び名はまったくない。「満人」は明らかに差別語だが、「中国人」ということばを使う日本人は、ほとんどいなかっただろう。わたしが「満人」ということばを使ったかどうか記憶はないが、たぶん使ったと思う。

「満人」は満洲族の人をさす。旧満洲国の中国人のうち、どれくらいの割合が満洲族でどれくらいが漢民族だったかわからないが、ほとんどの日本人は旧満洲国の中国人をすべて「満人」と呼んでいたのではないか。満洲族と漢民族の違いを考える日本人は少なかっただろう。

帝宮造営予定地

小学校が国民学校に名前をかえた1941年、わたしは順天国民学校に入学。3年生からは新設の白山国民学校に転校した。その白山国民学校から歩いて数分のところに、満洲国皇帝溥儀の宮殿を建てる予定の広大な空地があった。4年生のときだったと思う。そこに畑を作ってじゃがいもなどの作物を植えた。食糧不足が始まっていたのだろう。

毎日のように、午後授業はなく、生徒は2列か4列に並んで、スコップか鍬をかついで、その空地まで行進した。行進中はさまざまな軍歌を歌った。必ず歌わされたのが「予科練の歌」、「若い血潮の予科練の／七つボタンは桜に錨／今日も飛ぶ飛ぶ霞ヶ浦にゃ／でかい希望の雲が湧く」という歌詞だった。畑で土を運んだり耕したりしたが、こまかい点はおぼえていない。そのころ、昼に給食がある日があって、収穫した野菜を食べたことをおぼえている。

帝宮造営予定地には、敗戦まで宮殿が建てられることはなかった。

1945年8月、新京

1

1945年、わたしは10歳、国民学校5年生。

8月9日のソ連参戦まで、新京の日本人のほとんどは、戦争を身近に迫ったものと感じていなかった。45年の5月になって内地（たぶん東京）から疎開してきた家族があったほど、新京は戦争の圏外にあると考えられていた。

母の手記には、9日*の夜はじめて防空壕に入ったとある。9日未明のソ連軍の進攻から半日以上たって、中国人街に空襲があったからだ。

「明けて10日は終日防空演習でした」と母は記す。夕方、隣組の班長に集められて、疎開することになったから、持てるだけの食料と衣類を用意するように、と言われた。しかし、軽い赤痢で入院中の兄と妹を残していくわけにはいかず、母は途方にくれた。結局、隣組の疎開は実行されなかった。

「明けて11日は、リュックサックともんぺのいでたちで新京駅へ通じる街道は黒山のような行列でした。午後になると、駅まで行ったが殺されるような人ごみだった、と疲れきって戻ってくる人と新京駅へ向かう人とで、街道はごった返していた」と母は記す。

この日の午後、兄と妹が「みんな退院になった」と帰ってきた。母は死ぬことへの不安におびえながら何も手につかず、父が勤め先（満洲国印刷局）から帰るのを待った。

＊　この9日とか10日とかいう日付は1日くらい前後しているかもしれない。わたしには日付の記憶は全くないので、母の記述に従うことにする。

2

8月12日の午後、父から電話があった。「死ななくてもよい。紙幣印刷のため役所が吉林に疎開することになった。夜具など必要な品物を最小限まとめておくように」と。暗くなって車がきて、印刷局のそばの宿舎に行った。そこで印刷の機械が全部積みこまれるのを待って、2日ぐらい過ごした。15日、機械を積み終えたとき、玉音放送があり、日本が戦争に負けたことがわかった（わたしはその放送を聞いた記憶はない）。それから印刷局の家族一同は新京駅へ向かった。

3

新京駅の広場は、列車に乗れない人々でいっぱいだった。真夏の日盛りの中、上半身はだかの男たちが歩きまわり、「いちばん早い列車に乗るんだ」と言っていた、と母は記す。わたしたち印刷局の一行も、広場に座って待った。けれど、列車はいつ出るかわからないので、駅前のホテルに移った。

夕方になって、母は、退院したばかりの妹と下痢を病んでいる1歳の弟におかゆを食べさせたいと思って、官舎の自宅に帰ることにした。そして、駅から馬車に乗り、新京駅へと向かう人々の流れとは逆に馬車を走らせた。馬車から降りるとき、いつもと同額の40銭払おうとしたら、4円だと言われて、しかたなく払った、と母は書いている。

その日からほぼ1年、わたしたち一家は、もとのままの官舎で、先の見えない1日1日を過ごしたのだった。学校もなく外で遊ぶこともほとんどなく。

弟の病気

1

45年8月日本敗戦のとき、弟は1歳5か月。それまで順調に育っていた弟は、栄養失調からくる下痢に悩まされていた。下痢は続き、やせ衰え、寝たきりになった。

母の手記によると、11月になって、知り合いの医者がいる市立第2病院に入院した。その病院はもとの宮廷予定地の向こう側にあって、今は中国経営になっていた。ベッドはなく、病人はコンクリートの床に並べた、たたみの上にふとんを敷いて寝たと記憶する。母は8歳の妹といっしょに病院に泊まりこんだ。

弟の腕は「火ばしのようにやせ細り、注射につぐ注射で、親は見ていられないほどでした」と母は記す。「首筋や手の先をさぐって静脈注射をする。太い管からぶどう糖の注射をする。痛くても大声で泣く元気もなく、注射器を見ると、か細い声で泣くだけでした」と。

2

そのころ、弟は奇妙なふうに偏食になった。

まず、ケチャップで味つけしたごはんしか食べなくなった。入院した日、高粱（コーリャン）のごはんだったので、高粱の赤をケチャップと間違えたようだ、と母は言う。そのころはケチャップは手に入れにくくなっていて、手に入れるのに苦労した。知り合いがケチャップを見つけて、官舎の家に持ってきてくれたけど、ドアを開けるときに落としてびんを割ってしまった、という笑うに笑えないできごともあった。

次には、餅を好み餅が続いた時期があった。それからシャルピンになった。シャルピンは、ニラと豚のひき肉にメリケン粉を混ぜて、ホットケーキのように焼いたもの、と母は説明する。毎日のように病院に通っていたわたしは、しばらくのあいだ弟のシャルピン係りになった。飯ごうの蓋を使って、ありあわせのいろんなものを混ぜてシャルピンを作り、弟に食べさせた。

3

病状が好転しないまま年末がきて、正月を家ですごすために弟は退院した。石炭が少ししかたけず寒い部屋で、弟を抱いてペチカにくっついてすわっていた、と母は記す。1月の半ばころ、病院の医者に往診してもらい、また入院した。

再度の入院後、弟はくり返し高熱を出した。温湿布とカラシ湿布が続き、弟の肌はただれた。ある日、「これで熱がさがらなかったら、もう手がない」と言って、医者は特別な薬を使ったという。その夜、熱は37度台までさがり、ひとまず危機をのりこえた。

2月の旧正月前になって、市立第2病院は閉鎖することになり、退院。隣組の中にできた医学生の診療所で見てもらうことになった。弟の胸には、湿布のやりすぎのためうみをもつできものが10こも20こもできていた。診療所の医学生が注射もせずにそれらを切開したとき、弟は暴れる力もなかった、と母は記す。手術を終えると、その人は父を呼んで、「残念だが、お子さんは助かりませんよ」と言った。だが、子どもを亡くした経験のある近所の人は「お子さんは死ぬ子の様子と違います。死にませんよ」と言ってくれたという。

そのあと、弟は少しずつ回復していった。体重がふえ、立って歩けるようになった。ぎりぎりまでやせ細り、手のほどこしようがないと見えた弟の中に生きる力が残っていたのだ。

日本人が露店を始める

敗戦のあとまもなく、わたしが住む官舎の裏の広い空地に露店が並び始めた。あたりに住む日本人が出す店だった。コメなどの食料品は、城内（中国人街）から仕入れたと思われるが、衣類や寝具は手持ちのもの、店で買い入れたものを売ったのだろう。記憶にはっきり残っているのは、貸本屋があったことだ。吉川英治の『三国志』10巻ほどを次々と借りて夢中で読んだ。

母の手記によると、わたしたちの隣組のうち、7、8軒が店をやっていたという。買うときはなるべく隣組の店で買った、と母は記す。露店で売る人も、ほかの店では買い手だったろう。日本人街の住民が使う金銭のうち、かなりの部分がこの露店街の中でぐるぐるまわっていたのではないか。

中国人の物売り

8月15日を境として、中国人の物売りが近所に来るようになった。食べものを積んだリアカーを道ばたに止めて売った。リアカーはどんどん増えて、たくさんの日本人が買うようになった。「弟の病気」に記したシャルピンも、中国人が売っていて味をおぼえた食べものだ。リアカーに盛りあげて売っていた粟餅みたいなものは何という名前だったか。うすく切り取って巻いて売ってくれたのを食べると、おいしかった。

中国人から買うときは、カタコトの中国語を使った。値段を聞くときは、トールチェン（いくら?）とたずねたと記憶する。1から10までの数やシェシェ（ありがとう）ははっきり覚えているが、トールチェンは正しいかどうか自信がない。

ソ連兵の強盗

ソ連兵が官舎に押し入ってきたことがあった。敗戦後、勤めていた印刷局が職員に配った給金の残金を父があずかっていた。受け取っていない日本人や中国人に渡すためだった。大部分は中国当局に提出ずみだったが、残りがあり、床下に入れてあった。それがねらわれた。

ある晩、ソ連兵その他数人が玄関を破って侵入してきた。兄とわたしは、裏どなりの官舎に通じる抜け穴から逃げて知らせた(万一に備えて、4畳半の部屋の押し入れの奥のレンガをくりぬいてあった)。だが、裏どなりの人はこわがって、すぐにはソ連軍の憲兵隊に知らせに行ってくれなかった。

わたしは荒々しいもの音と声を聞いただけで、強盗の姿は見ていない。1時間ぐらいたって、もの音がしなくなったので戻ってみると、ソ連兵たちは、4畳半の床下からお金を奪って引きあげたあとだった。強盗と入れちがいに憲兵隊が来た、と母は記している。

翌朝、玄関の外の階段の手すりにピストルがあった。ソ連兵の忘れものだった。ピストルが証拠になって賊がつかまったといううわさを聞いたが、本当かどうかわからない。

市街戦

45年の8月から46年の4月にかけて、わたしたち一家は、どこへ行くあてもなく、宙ぶらりんの状態で一日一日を新京（長春）で過ごしていた。その土地に住み続けることができないのはわかっていたけれど、行くところとして唯一残された日本本土にいつ行けるのか全くわからなかった。学校もなくなり、1週間先、1か月先どうなるか見当もつかない毎日だった。

ソ連軍が引きあげたあと、長春を支配したのは国府軍（蒋介石軍）だった。そこへ八路軍（共産党軍）が攻めてきて、日本人街でも戦闘があった。[*1] 小銃と迫撃砲くらいの撃ち合いだったが、わたしは官舎の2階からのぞき見ていた。兵隊たちが走っては隠れ、走っては伏せて進んでいた。弾丸が飛ぶ音は聞こえたが、弾に撃たれて傷ついたり死んだりする姿は見なかった。

そのとき、裏の方でものすごい音がした。風呂場と台所のあいだの煙突に迫撃砲の砲弾が当たったのだ。台所中に破片が飛び散り、食器もいくつか割れた。散乱した陶器やレンガのかけらの中に、3センチくらいの砲弾の破片があった。うちの近所では、戦闘は2、3時間しか続かずやがて静かになった。そして、この戦いは八路軍の勝利に終わった。そのあいだどれくらいこわかったか、記憶がない。予測できないことが続く日々でずっとおびえていたから、感覚がまひしていたのかもしれない。

市街戦の1か月あまりあと、国府軍が勢力をもりかえした。ある朝起きてみると、八路軍は夜のあいだに市内から撤退していた。[*2] 新京（長春）にいた日本人の大半が、46年の7月から9

月にかけて日本に引き揚げたのは、国府軍が再び長春を支配したその期間のことだった。[*3]

＊1　『卡子チャーズ　出口なき大地　1948年満州の夜と霧』（遠藤誉著、1984年、読売新聞社）によると、46年4月16日。

＊2　5月24日（同書）。

＊3　同書によると、この「第一次遣送」によって、長春の日本人は約20万人から6千人に減ったという。そして、47年夏、「第二次遣送」が行われたときには、瀋陽までの鉄道は八路軍によって押さえられていたために軍用トラックでなされ、残った日本人のほとんどが引きあげたという。そのあと長春は八路軍に完全に包囲され、電気も止まって食料もなくなり、飢餓に追い込まれるという悲惨な状況におちいった。そうなる前の46年7月下旬にわたしたち一家は長春を離れた。

引き揚げ前の雑踏

46年の6月下旬か7月のはじめ、新京の日本人の日本送還が始まった。わたしにとって、日本が帰るところという実感はとぼしかったが、赤ん坊のときから暮らしてきた新京（長春）が中国人の土地であって、ここにとどまることができないことは、わかっていた。新京を去ったあと行くところといえば、日本本土以外になかった。

ある日気がつくと、官舎前の道路がさまざまなものを売る日本人とそれを買う中国人とで雑踏状態になっていた。どの日本人家庭も、持っていけない品物を処分しようとしていた。大きな家具は置いていくしかないが、小さな家財道具、ふとん類、衣類などを売った。敗戦から1年近くたち、ほとんどの家庭は手持ち金が心細くなっていたから、どの家庭も、ひと品でも多く売ろうと、引き揚げ直前まで売り歩いた。わたしたちの家も同じだった。母は、衣類を売りに行ったが、せっかちな性分のため安く売ってしまった、と残念そうに書いている。

新京を離れる

1

46年7月26日、新京を離れる日だった。朝、官舎から数百メートルの興仁大路にわたしたちは集合した。隣組1区画がいくつもいくつも集まって、数百人あるいはもっといたかもしれない。広い興仁大路の歩道のところに並んで、暑い日盛りの中、わたしたちは待った。待つ時間があまりに長いので、母は持てなくて置いてきたうずらの煮豆を取りに戻ったが、鍋ごとなくなっていた、と書いている。

昼すぎになってようやく、集団の列は動き出し、南新京駅まででかなりの距離を歩いた。南新京駅で乗りこんだのは無蓋の貨車だった。わたしの記憶はぼやけているが、乗ったのは夕方だったと思う。夕焼けの空を貨車の中から眺めたような気がする。無蓋の貨車は1両にたくさんの人が乗ったので貨車のふちにもたれかかったり、どうにか横になったりして、夜を明かした、と母は記している。貨車は夜じゅうゴトゴト動き、翌朝早く奉天（現在の瀋陽）駅で止まった。先発の貨車も止まっていた。

2

母の手記によると、奉天駅の構内で燃えそうなものを探してきて、朝の食事を作った。その夜は出発のめどがつかないため、野原に野宿することになった。

その次の日だと思うが、広い工場に移った。工場の機械は何もなく、コンクリートの床の上に寝た。各家族にやっと横になれるくらいの場所が割りあてられた。

地面を掘って食事の用意のための木片を掘りだした、と母は書いている。どの家族も競って地面を掘ったという。奉天より先への出発を待って、そこで1週間ぐらい過ごした。1人あたり千円、家族6人で6千円と定められていた手持ち金が残り少なくなって、父は1着残しておいた背広を売りに行った、と母は記す。そして、「(出発の)前夜から何食分かの食事を用意し、翌朝の出発を楽しみにしていた」。ところが朝になると、わたしが40度の高熱を出して、わたしの一家は出発できなくなってしまった。

病人部隊

広い工場に収容されて出発を待っていた人々の大半がどしゃ降りの雨の中を出発したあと、残されたのは病人をかかえた家族だった。全部で数十人だったと思う。わたしの一家6人も、わたしの発熱のためにその中にいた。それは病人部隊と呼ばれた。

病人部隊はもと病院だったところに移ることになったが、そこに着いたあと、また別の場所まで歩いて行った。そこは雨つゆをしのげるだけの場所にすぎず、むきだしの地面の上にむしろを敷いて起居することになった。わたしの一家にあてがわれたのは、1坪ほどの広さしかなかった。母によると、ここでは、引揚げ援護会から補助金がでて、炊事は共同だったという。食事時間がくると、容器を持って高粱のごはんと汁物を人数分受けとってきたという。

発疹チフス

高熱からくる寒さにガタガタ震えながらわたしは、むしろの上に敷いたうすいふとんにくるまって寝ていた。ぼんやり覚えているのは、ときどきめざめながら、1日中浅い眠りを眠っていたこと、悪夢にくり返し襲われたこと。高熱にうなされて見る夢はどれも怖い夢だった。体温はなんどはかっても40度をこえていた。

その状態がどれくらい続いただろうか。たぶん、10日か2週間くらい続いたと思う。ねたきりではあっても、手洗いだけはどうにか歩いて行った。

病人部隊では何人もの病人が亡くなった。死んだ男の子をむしろでつつみ、長男と2人で奉天（瀋陽）城内の火葬場へ運んだ父親のことを母は記している。

母によると、病人部隊の2人の医師が、わたしの病気についていて、小声で「チフス、チフス」と話しているのを聞いたという。腸チフスなら下痢をするはずなのに、と母は不審に思ったという。医師は発疹チフスを疑ったらしい。わたしのからだに発疹は見られなかったが、発疹チフスを伝染するシラミは、たくさんの人にいたはずだから、症状からみて発疹チフスだった可能性は高い。

コロ島*へ

1

わたしの高熱がようやくさがり、病人部隊の出発の日が近づいたころ、入れかわりに妹が高熱を出した。次はいつ帰れるか分からないということで、無理を承知で高熱の妹をかかえて病人部隊とともに出発することにした。残留する人は１人もいなかった、と母は記している。

馬車に揺られて奉天駅に着き、暑いテントの中で長いあいだ中国側の検疫を待った。熱で顔が赤い妹が検疫を通るかどうか心配しながら。ようやく検疫がすみ、貨物列車に乗車。無蓋ではなく有蓋の貨車だった。妹の頭を冷やすために、１斗樽いっぱいの水を車両に持ちこんだ。

2

貨物列車はなかなか出発せず、とうとう翌朝まで動かなかった。樽の水は40度の熱がある病人のひたいをくり返しタオルで冷やすうちに熱くなり、役に立たなくなった。妹は熱が「頭にのぼったらしく、母さん母さんと叫ぶようになった」と母は書いている。

朝早く父は、1斗樽を持って水をもらいに行ったが、中国人が起きてくれなかったと言って、空の樽を持って戻ってきた。そして、薬を探しにまた貨車を降りた。10分ほどたったころ、列車がとつぜん動きだし、父とはぐれてしまった、と母が心配しているところへ父が戻ってきた。最後尾の車両に飛び乗ったのだという。そのあと、病人の状態を見るに見かねて、同じ車両の人が持ちあわせの薬をくれた。その薬を飲んで妹の体温はどうにか37度台まで下がった、と母は書いている。長期間の高熱のあとで衰弱しきっていたわたしは、そのときのことをほとんどおぼえていない。記憶にあるのは、有蓋貨車の暗い片すみにいたことだけだ。

3

こうして、引揚げ船が出るコロ島についた。

駅に着くと、父は11歳のわたしをおんぶし、母は下痢が再発した2歳の弟をおんぶ、8歳の妹をだいて宿舎へむかった。4人の子どものうち、病人でないのは13歳の兄だけだった。宿舎は陸軍官舎のあとで、久しぶりにたたみの部屋ですごすことができた。

宿舎でわたしはほとんどの時間押入れで横になっていた。部屋にあった表紙がちぎれて途中からしか残っていない時代小説を読んだことをおぼえている。中国人が宿舎のフェンス越しに焼きいもを売りにきて、買って食べたときはうれしかった、と母は記している。

＊　正式には「葫蘆島」だが、漢字が難しいのでわかりやすく「コロ島」と記した。

氷川丸

コロ島の宿舎で数日すごしたあと、乗船する日がきた。病人部隊は1万トンの病院船氷川丸に乗船した。アメリカ軍のLSTにつめこまれた大部分の旧満洲国引き揚げ者と比べると、それは病人ゆえの特別待遇だった。

船底の3等船室に家族6人収容されたが、「むし暑くて病人には耐えられない」と願いでて、甲板近くの2等船室に母と妹、弟の3人が移った。兄とわたしも昼間はほとんどその船室で過ごした。「今までの苦しさと比べて、このときから極楽のようなそう快さでした」と母は記している。

氷川丸で食べた冷凍みかんはおいしかった。それまでそんなものを食べたことがなかったからかもしれない。「子どもたちは、講堂もある体操室もある、と氷川丸の広さと設備に驚き、飽かず遊んでいました」と母は書く。私は覚えていないが、船内をあちこち見てまわったらしい。それができるほどにわたしは回復していたのだろう。

3日か4日すると、船は博多に着いた。しかし、すぐには上陸できなかった。船内でコレラが発生したためだった。約1週間船内で待ってから、日本本土に上陸した。9月の半ばごろだったと思う。7月26日に新京（長春）を立ってから2か月近く経過していた。

あとがき

旧満洲国からの引き揚げ者の中で、わたしたち一家は恵まれていた方だった、と思う。旧満洲国の北部に入植した満蒙開拓団の人々は、ソ連軍の侵入後、追い立てられ逃げまどい、おびただしい数の人が死んだ。開拓団でなくても、満洲国北部や西部の居住地から逃げてきた人々は、各地の収容所でつらい日々を送り、たくさんの人が亡くなったにちがいない。

わたしたち一家は45年8月以後も、それまでと同じ官舎に住み、衣類寝具もあり、ある程度の所持金もあった。この本に記したように、弟、妹、わたしの3人が大病で生命の危険にさらされたにしても、家族6人が1人も死なずに日本にたどり着けたのは、わたしたち一家が引き揚げ者の中ではかなり恵まれていたからだと思う。だから、わたしが経験したことは記さなくていい、と思っていた。でも何年か前から、わたしのそういう体験でも記す意味がそれなりにあるのではないか、と考えるようになった。そういう気持で1編ずつ書いた。

母は亡くなる前に（40年以上前）満洲からの引き揚げのことを書き残しておいてくれた。わたしの記憶は、断片的で忘れていることが多いから、母の手記がなければこの散文詩集はまとめられなかっただろう。母が手記を残してくれたことに感謝する。

今回も上田翠子さんに装丁をお願いしました。お礼申しげます。また、いつものように、本の制作をしていただいた開成出版の黒田武さんにお礼申し上げます。

２０１６年６月

羽生　康二（はぶ　こうじ）

1935年生まれ
1945年まで旧満州国新京市（現在の長春）で育つ。
1958年慶應義塾大学英文科卒業
1958～2000年まで慶應義塾高等学校で英語教師。
現在　季刊雑誌『想像』を羽生槙子と一緒に発行
　　　詩誌『いのちの籠』会員
著書　『ふるさとを持たないこと』（想像発行所）
　　　『近代への呪術師・石牟礼道子』（雄山閣出版）
　　　『口語自由詩の形成』（雄山閣出版）
　　　『昭和詩史の試み』（思想の科学社）
　　　詩集『やさしい動物たち』（私家版）
　　　詩集『夢の情景』（開成出版）
　　　詩集『わたしたちは何者なのか』（開成出版）
　　　『羽生康二詩集』（開成出版）

散文詩集
「ふるさと」を持たないこと

著者　羽生　康二

発行所　想像発行所
鎌倉市腰越一七一八―六九　羽生方
電話　〇四六七―三一―二九〇七

発売元　開成出版
東京都千代田区神田小川町三―二六―一四
電話　〇三―五二一七―〇一五五
FAX　〇三―五二一七―〇一五六

印刷・製本　大日本法令印刷株式会社

二〇一六年八月二五日初版発行©

ISBN978-4-87603-507-6 C0092　　定価（1500円＋税）